o esculpidor de nuvens

OTAVIO LINHARES

capa e projeto gráfico FREDE TIZZOT

foto da capa HENRIQUE THOMS

© 2015, Otavio Linhares
© 2015, Encrenca - Literatura de Invenção

L735e
      O esculpidor de nuvens / Otavio Linhares. – Curitiba :
Arte & Letra, 2015.
      112 p.

      ISBN 978-85-68601-03-7

      1. Literatura brasileira. 2. Ficção. 3. Contos. I. Título.

CDD B869.3 (contos)

encrenca - literatura de invenção
Alameda Presidente Taunay, 130b. Batel
Curitiba - PR - Brasil / CEP: 80420-180
Fone: (41) 3223-5302
www.encrencaliteratura.com.br / encrencaliteratura@gmail.com

o esculpidor de nuvens

OTAVIO LINHARES

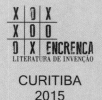

CURITIBA
2015

para olívia

pouco me importa.
pouco me importa o que?
não sei: pouco me importa.

alberto caeiro

e você repara no que separa
e começa a achar que
é o que une

apresentação

Otavio Linhares escreve com os ouvidos, pois sabe que sonoridades e modelações rítmicas têm o poder de catapultar nossa sensibilidade em direções polissêmicas e imprevisíveis;

- explora os rizomáticos desdobramentos de uma visão de mundo específica, sensível que é aos infinitos matizes, texturas, nuances e possibilidades advindas de uma mesma matriz.

este é seu segundo livro – a confirmação e ampliação de sua singularidade:

escritura de invenção, liberta de amarras formais, psicológicas ou narrativas;

estranha manipulação da linguagem, que instaura tempos e espaços habitados por sensações inomináveis...

há humor (negro, rascante, impiedoso), há terna violência (repleta de cruel compaixão), há amorosa rebeldia – e tudo grita contra toda forma de pensamento totalitário, rasgando os sentidos estabelecidos pelo senso-comum globalizado, impondo-se como uma mácula em nossa anodinia consumista, furando a lógica maniqueísta com que somos bombardeados diariamente.

essa obra pode ser lida como uma autobiografia;

mas não se trata da autobiografia de Otavio Linhares – o que temos aqui é a construção da vida de um *outro*.

eis, assim, o que é próprio da poesia:

a habitação, através da criação de arquiteturas lingüísticas singulares, de *outras* formas de existência (pontos-de-fuga?).

escrever para matar a si mesmo, para libertar-se de si mesmo;

escrever para tornar-se *alteridade radical* em relação a si mesmo.

memória e invenção, condução e disparamento, figuração e abstração, mundano e sagrado:

dessas tensões eclode um poeta.

e não há milagre mais belo em nossa homogeneizadora contemporaneidade quanto o surgimento de um poeta...

O ESCULPIDOR DE NUVENS é uma epifania; cabe a nós aceitarmos seu convite e trilharmos as veredas desconhecidas que sua linguagem nos sugere, sem esperança – nem medo.

Roberto Alvim
dramaturgo, diretor e professor de Artes Cênicas

o esculpidor
de nuvens

a casa

uma campina devastada coberta de mato seco e a casa um amontoado de madeira velha mofada sustentada por duas vigas maiores ao centro com uma das janelas com pedaços de vidros quebrados por onde o último fugiu saiu correndo e deixou a marca o risco da perna enroscada o sangue a prova de que um dia houve vida nesse lugar.

foie gras

um homem me carrega no colo. tem o pior hálito do mundo. da sua boca sai o cheiro tóxico da fumaça branca da chaminé da fábrica que dá pra ver da janela do quarto. um cheiro que vai se abrandando no ar devagar e formando nuvens. bafo de origamis. seu fígado é uma esponja. dá pra ver quando ele abre a boca. bafo de onça. ela relincha. só se for de onça que não come há dias meses anos e tem de suportar o corpo derretendo de dentro pra fora de um tipo de fome que não mata. o seu bafo é um corpo que derrete e putrefa pela boca. e amarela os dentes. os dentes corroídos pelo ácido da saliva cobreada que sobe do estômago. são frágeis e quebradiços os dentes. não os ossos. só os dentes. são as pontas dos icebergs. a parte mais gasta do corpo. as pedras que crescem pra fora da montanha. são o fim dos ossos e o começo da carcaça. o fim dos ossos que sustentam tudo e não quebram nunca. os ossos feitos de ferro. feitos de aguentar e aguentar e aguentar. aguentar pra que as pernas não vacilem. mas elas vacilam. e ele me olha. você vai ter de suportar o peso do mundo. ele grasna. e diz isso porque esqueceu de fechar as pálpebras dos ouvidos quando a boca louca da mulher demônio gritou na sua frente que ele teria de suportar o peso do mundo e ele acreditou e passou a repetir essa besteira feito um mantra todo dia no café da manhã para assistirmos de camarote a sua boca silêncio nocautear seu estômago com potentes socos de agulha. ferroadas envenenadas de saliva direto no seu fígado. tudo isso para mostrar que é forte e que jamais cairá. é que ele gosta de repetir isso também. repara como as pessoas têm esse prazer mórbido e estranho de se ferir pra serem notadas. é daí que vem o cheiro ruim. mesmo assim seus olhos brilham. brilham o horror da dor. são vidros em pedaços. estilhaços. os olhos são sacos de guardar quinquilharias. e se fascinam quando entram em curto circuito. por isso ele tem as mãos fortes e os braços rijos e não faz nenhuma força pra me segurar acima do chão como se fosse um gigante mongoloide que carrega o chefinho nanico manda chuva nas costas? faz isso de um jeito tão fácil. isso de carregar coisas no colo e nas costas. na outra mão ele segura um copo e dentro tem um líquido grosso e viscoso de cor marrom chocolate que eu olho e gosto e já quero. tento pegar. gosto do cheiro. tento de novo. e também gosto do brilho do copo e do chocolate dentro que parece nescau. tento pegar o copo e o homem o afasta da minha mão e me oferece na boca. me dá. bebo um golão. é bom. doce. viscoso. arde um pouco a garganta. peço mais. me dá me dá. me dá mais. mais não. alguém grita do outro lado da sala. pare com isso. como essa pessoa sabe que ele está me dando o copo na boca? ela fica nos observando? viro a cabeça levanto os olhos. ela me olha. sorri com malícia. sorrio também. e meu sorriso é sádico. ela está lá longe do outro lado da sala e mesmo assim fica nos observando. insiste em conversar. que metida! converso com ela. agora fazemos parte um do outro. eu e ela. fico tonto. todos gritam. gritam gritam gritam. ninguém se ouve. as pessoas não se ouvem. não gritem tanto. conversem mais. eu tenho um amigo entre essas pessoas. cadê ele? olha lá ele. ele não me olha. ei amigo! ele tem uma mulher atrás dele que o empurra com os joelhos. a mulher é a dona da casa e ela grita também. é a que mais grita. ela grita lá da cozinha que ela é a dona da casa e balança os braços pra cima e pra baixo e a cabeça e de um lado pro outro e o seu corpo dança a dança das coisas que se movem sozinhas no ar e à sua volta todas as coisas dançam e voam da cozinha pra sala e de volta da sala pra cozinha e de volta tudo de novo várias vezes. a sala é toda ela um céu de vasos pratos copos. pássaros voando pela janela. o homem que me carrega no colo me põe no chão e conversa no ouvido de um outro homem que está à sua frente. portas batem se fechando e se abrindo. pessoas caminham pra fora da casa. pessoas dizem tchau. não gosto quando pessoas dizem tchau. a mulher diz que todos podem ficar se quiserem. diz isso com as mãos espalmadas pra frente segurando as outras pessoas pelos braços. e a sua boca louca se mexe sozinha fazendo movimentos engraçados de abrir e fechar e morder e bater os dentes e cuspir bolinhas de saliva. imito as mãos e a boca. é mesmo um movimento muito engraçado. a mandíbula precisa ficar dura pra fazer aquilo que ela faz com o queixo e os dedos enrijecidos se curvam feito patas de galinha. e aquele monte de palavras saindo da boca dela no volume máximo é a música da nossa dança. é igual ao barulho das coisas caindo no chão. ficamos ali por alguns segundos dançando caveiras no meio da sala. uma mulher de vestido amarelo e copo na mão e um homem de calça marrom se sentam novamente. são os únicos que não vão embora. o resto das pessoas sai pela porta. não quero mais ficar aqui. caminho até o quarto. lá pra dentro com os outros. ando pelo corredor escuro. tem um brilho que sai de uma porta lá no final. é o quarto do meu amigo. vou até lá. os amigos jogam um jogo de videogame. não tenho um videogame. olho pra trás procurando o homem que me carrega no colo e a porta do corredor se fecha.

a escola

minha mãe é uma leitora ávida. me alfabetizou em casa. tinha uns livros lá que meu pai vendia e ela lia sem parar. meu pai era um orgulhoso vendedor de livros. sou o maior vendedor de livros que este país já viu. ele grasna. os livros que te tiram de casa por semanas e o devolvem só escombros. ela relincha. minha mãe me ensinou a ler e a escrever em cadernos de capas duras e vermelhas que ela guarda até hoje. ela diz que guarda. cadernos cheios de sequências de números que ela se orgulha de mostrar pras outras pessoas. ele tem só cinco anos. não é lindo? ela diz. eu que fiz. ela se gaba. isso foi antes de eu ingressar na escola regular. não sei porque mas naquele dia meu pai estava em casa. não sei porque mas minha irmã estava na barriga da minha mãe. e minha mãe sempre nervosa. e eu um relógio. acordar. tomar banho. uniforme. tomar café. ficar acordado. se equilibrar em pé. e de repente estamos no fusca. gosto do fusca. o fusca branco de passear no colo do meu pai quando ele está em casa aos domingos. e o cheiro de couro terra e orvalho. adoro o cheiro da terra que sobe dos bancos do fusca branco. você vai pra escola. lá é um lugar bom. você vai gostar. ela diz. ele diz. todos dizem. eles concordaram? chegamos no colégio. as primeiras vezes são sempre assim? oi. oi. oi. a sala de aula é por ali. vem comigo. um homem me pega pelas mãos e me leva. adeus mãe. adeus pai. ele não me larga. esta é sua carteira. me larga! estes são seus amigos. não! não são! cuspo na perna do homem. mordo a mão da mulher. depois vou descobrir que o homem é o tio da cantina e que ter cuspido na perna dele foi uma péssima ideia. e vou descobrir que a mulher é a professora e ter mordido a mão dela também foi uma péssima ideia. o homem volta comigo amarrado em seus braços pra sala onde meus pais conversam com uma mulher mais velha que depois vou descobrir que é a diretora da escola e como fui legal com ela ela será legal comigo. o homem me empurra. todos me olham. a primeira vez é sempre assim. no segundo dia tudo de novo. sem cuspe. sem mordida. passamos a manhã inteira sentados olhando a professora falar e falar e falar e a boca dela se mexendo igual a boca do desenho animado da tv. e aí toca o sinal. é o recreio e vocês só saem depois de comer todo o lanche que a mãe de vocês mandou. ela diz meio braba. acho que ela não gosta do que faz. todo mundo come rápido e eu fico todo engasgado com a pilha de sanduíches de bolacha água e sal com queijo e margarina que minha mãe mandou que eu vou levar horas pra comer e não vou poder ir brincar. de que vale ir pra escola encontrar todo mundo se não posso brincar? como só um sanduíche e jogo o resto no lixo. não. a professora vai ver. enrolo tudo nos papéis do lixo e enfio por debaixo das outras coisas. escondo a comida e saio correndo. ainda dá tempo de brincar um pouco. tão pouco que dá raiva e cuspo em alguém de novo. a professora me pega pelos braços e vai pra sala da mulher mais velha e meus pais estão lá de novo. vai ser assim todos os dias? quando eu vou poder me divertir nesse lugar? a professora vem dizendo blá blá blá ler e escrever blá blá blá segundo ano. pular um ano? não fazer a primeira série? ir pra segunda? que massa! será? minha mãe diz. lógico! diz meu pai já pensando em economizar por causa de um ano a menos na escola particular e os cadernos e os livros e o uniforme a comida luz água telefone cerveja boteco. pra mim ótimo! um ano a menos na punhetação da escola. um ano a menos botando uniforme todo dia de manhã. um ano a menos de tempo perdido com coisas que vão dizer respeito a coisas que não me dizem respeito. um ano a menos. não consigo parar de pensar nisso. um ano a menos pra ficar grande. um ano a menos pra ser homem. um ano a menos pra fazer o que quiser da vida. um ano a menos eu cresço bem mais rápido. um ano a menos. sim. é isso. um ano a menos. só que não. não tem nada a ver isso que eu tô falando. depois desse um ano a menos me tornei o aluno mais novo de todas as séries até entrar na faculdade. sempre o mais novo. o mais baixinho. o primeiro da fila. o mais estufado pela piazada maior. só cagaram na minha cabeça. nunca tive uma namorada no colégio. elas sempre foram mais velhas do que eu.

o grande gigante no céu

um sofá bege mofado um pouco. paredes mofadas. sol. recém choveu. dois caras. cheiro forte de gente molhada. não. não há saudade bucolismo nostalgia. não há memória. estão ali dois amigos esquecidos. fumam bebem. whisky sem gelo. os ratos já se foram. na veia ainda corre um pouco de veneno. se houvesse uma cor seria verde flúor amarelado. o aparelho 3 em 1 da sony e o vinil e duas caixas de som berram berram berram. berram tão alto um orgasmo que a agulha riscando o disco é a garganta da mulher e a voz potente e sensual da morte. só quem ouviu sabe. quase dá pra morrer. quase deu. é o grande gigante no céu. na sala o tapete vermelho ao centro dá pra afundar os pés até a altura dos joelhos e conforta e faz o mais jovem sorrir diabolicamente. ele tem pedras na boca. não dentes. tem nuvens. não mãos. tem os olhos rasos de fogo e preguiça. o sofá conforta e entorta as pernas as costas doem. o mais velho tem uma jaqueta e a jaqueta é de uma marca que não existe e ela é de nylon preta e amarela. ele é o zangão rei e veste nada por debaixo da jaqueta. só os pelos do peito aparecem. e as veias petrificadas no pescoço. e os óculos ray-ban de esconder buracos negros. o mais novo veste no rosto uma retina de aros bem finos azuis brilhantes. tem luz fria nos olhos. lhe cortam as têmporas as hastes e ele usa mas nunca precisou usar. ambos têm as cabeças decepadas recostadas no sofá. só o mais jovem fuma. o mais velho mente que sente saudades. eles estão bem assim. e o teto é o céu. miram o céu. céu de chover ao contrário. eles são aquele cartaz de filme guardado enrolado num canto atrás do armário. um filme que só passa pra traças e gente velha numa sala do centro.

o impossível

me conta a estória da tua adolescência. comece do começo.
não se perca em fábulas e vozes. e não se atreva a me labi-
rintar entre corredores escuros e sombrios. não crie tabelas.
não reverencie. não se emocione nem queira emocionar.
não aumente as coisas querendo me dar dribles fantásticos
e pulos duplos e triplos no ar. nem tente me tirar o foco.
me conte só o que você viu. sem dar nomes. sem dar voz
às coisas inanimadas. sem essa coisa de ver o invisível. pare
com isso. vamos aqui. papo reto. pá pum! só eu e você. vai.
olho no olho. me conta daquela vez que o mar te traiu. o
teu primeiro beijo. faz o relato completo de todas as vezes
que você ouviu aquela música e viu aquela foto e sentiu
aquela dor e chorou e riu e quebrou todos os móveis do
quarto e saiu parindo o mundo pela janela do vigésimo
quinto andar. só que não enrola. vai direto ao ponto. não
me apresenta fantasmas. os mortos já morreram. faz só o
necessário. não fica se lamentando. vai lá e mostra tudo
isso sem que eu tenha que ficar te decifrando. fala do amor
mas só do amor. da beleza mas só dela. do cheiro da morte
sem dar voltas. sem círculos. sem parábolas e fórmulas ma-

temáticas. sem olhos mareados. sem cacos de vidros. nada de símbolos e signos e coisas que não sejam palavras. me conta igualzinho mil vezes a mesma passagem do dia em que te foi anunciado o álcool e o éter e o mundo te vendeu pro ferro velho sem a alma. vai. conta pra mim. sem se arrodear inteiro e se perder em frases longas sem sentido. e sem gaguejar. vai. vamos. levanta a cabeça e me conta.

impossível.

do alto

quero conseguir falar. alguma coisa. tirem essa coisa de cima dela. pai você pode pegar esta xícara pra mim? esse é o vácuo do silêncio. eles sempre fazem isso. a queda dos pingos de dentro do copo e os estilhaços no chão. estou debaixo de uma mesa de um café. como ela foi parar aí? meu pai tenta me alcançar. minha mãe está lá longe. o homem me estende a mão eu baixo a cabeça escondo os ouvidos. uma porta abre. uma mulher beija uma mulher e as mãos são tão leves e. sapatos e muitos passos. um terremoto vou cair. a mão me toca a mão me arrasta vejo o sol a água na janela. um homem sujo de tinta branca tem uma camisa amarela rasgada e tem um pano que esfrega um pano na janela com água e sabão e faz bolhas que são coloridas e voam bem alto e o cabelo dele é engraçado as cores. rio. eu e meu pai batemos as mãos juntas igual no dia do fogo na casa. seu café monsieur. seu chá madame. obrigada. obrigado. filha venha. estou sentada tenho um copo nas mãos. plástico áspero. estou novamente no chão não me lembro de nada antes. vento e árvores passam ao redor da imagem que fica na janela e a imagem na janela tem grandes olhos que me abocanham e igual no carrinho da montanha russa deslizo pela garganta da moça que queria me tocar pela janela e encontro seu coração e ele é grande muito grande de neve igual veludo. encosto a cabeça. calma. e ela entra no meu corpo e o meu corpo entra. a luz forte entra nos meus olhos não consigo enxergar. terremoto. terremoto. meu telefone ficou em cima da mesa. ninguém vai te ajudar. corro até explodir os dedões e caio e deito abro os braços. está bem escuro mais escuro que o quarto da mamãe quando eu acordo e vou lá. de dentro do meu bolso tiro um clips que tem um papel. puxo o papel. tem números que não enxergo bem tudo embaçado. ponho bem perto dos olhos e ele é bem branco. sai daí menina. aí não é lugar para mocinhas. tem uma voz dentro e uma voz fora. elas continuam me chamando. vou embora com elas. estou em casa. é meu quarto embaixo da cama. é um lugar para ficar até a água passar. terremoto. terremoto. ligo a tv já sei fazer isso. uma duas três. ligo de novo. uma duas três. ligo de novo. uma duas três quatro cinco nove um monte de gente falando comigo. agora sim tenho todos os amigos perto de mim. sento perto deles. eles me abraçam. não consigo mexer os braços. eles me abraçam de novo. não consigo mexer os braços. eles me olham e vão embora. o que você está fazendo aí menina? volte com a gente. vamos embora e você vai embora com a gente. estou de pé na cozinha da casa que não é minha e muitas pessoas me querem e me devoram. me espetam com garfos e facas e passam a língua em mim. eu não gosto disso. quero me lamber também. minhas mãos estão com cordas e nós e não consigo puxar pra fora o papel com o número de usar. e elas me levam pra mesa da sala. aqui podemos falar sobre coisas que não podemos falar em outros lugares da casa. todos falam ao mesmo tempo. e me olham e passam as mãos em mim. um homem amigo de fora está exibido de pé em cima da mesa e fala bem alto. pega a faca grande e enfia dentro da minha barriga e me puxa pra fora. tenho medo e choro. todos se abraçam e me abraçam e gritam. a mulher de toalha amarrada no corpo me pega e me leva pra tomar banho e a água faz um barulho terrível. igual ao terremoto terremoto terremoto. as paredes caem e estou sozinha e só tem areia a minha volta. areia areia areia areia. fico contando a areia pra passar o tempo e chego até mil novecentas mil vezes. conto a areia e os grãos de areia brilham igual ao sol. conto a areia um monte de vezes. jogo pra cima. passo na cara. vejo o mar. gosto do cheiro da areia. de novo vejo o mar. eu sempre vejo o mar porque a água batendo no corpo me acalma e limpa a areia. vou ficar boiando um pouco aqui. depois eu volto.

o quarto
(para alexandre frança)

o teto escuro é o céu a noite.
um grande buraco negro que cabe dentro do peito do
olho da gente.

os peixes no aquário
(para martina sohn fischer)

existe uma menina que mora em mim. uma menina que
mora em mim desde que eu era uma criança. uma criança de cinco seis quatro anos. bem pequeno. uma menina
virgem. uma menina assim como eu. de pele bege meio
adoentada e olhos fundos e barriga d'água e pés descalços
de marcar quina. pés de bailarina. e também meio ingênua
de algumas coisas. e também delicada. e despenteada. não
maltrapilha. só despenteada. porque não gostamos de nos
pentear e nem de passar roupa. isso é coisa de gente velha.
uma menina virgem de doze treze anos que tem muitas
vontades e desejos. e que gosta de sentar e ouvir o vento só pra zombar de quem não consegue. e de conversar
com os invisíveis. e de contar pra todo mundo as maiores mentiras. porque a gente acredita que se todo mundo
acreditar não vai mais ser mentira. e que gosta de espiar
buracos de fechaduras de banheiros quando os velhos vão
tomar banho pra ver como vamos ficar quando nós ficarmos velhos. achamos que vamos ficar um pouco melhor
que nossos pais e mães e avós. ela sempre diz que somos

muito melhores que eles porque usamos a imaginação e eles só sabem andar pra lá e pra cá e mexer os braços e tremer as pernas. nossos pais são bonecos engraçados que se movem bastante pela casa no final do dia. ela tem uma voz que sempre faz tremer meu estômago. a voz dela é muito suave. mas ela fala muito pouco. é uma voz que eu consigo ver e que tem cheiro e que sempre me lembra a cor amarela porque é tão perfumada quanto um abacaxi. tem vezes que quando ela abre a boca no quarto pra me mostrar uma palavra nova que ela aprendeu na rua eu consigo sentir o perfume até lá da sala de televisão. é bem bom e dá vontade de comer. sempre que ela aparece ela vem do meu lado esquerdo meio de cima. porque eu estou sempre sentado e ela de pé. às vezes ela vem do direito. só às vezes. eu acho ela muito linda. e eu gosto muito dela porque ela não faz nenhuma força em mim. nenhuma força de mãe demônio ou de namorada ciumenta ou de mulher mandona. fica parada do meu lado e conversamos algumas horas por semana. às vezes nos olhamos igual olhamos os peixes no aquário do meu pai. sem fazer aquilo com a boca que é engraçado. hoje ela quer ser uma sereia. e eu quero ser uma truta. somos bem humorados quando estamos juntos e jogamos. jogamos qualquer coisa. inventamos os jogos e jogamos. só isso. o de hoje era pegar pedras no chão e contar quantos brilhos cada uma tinha quando a gente colocava elas no sol do meio dia. quem conseguisse catar mais brilhos ganhava. ela gosta de mim porque sei escrever e ela não. e juntos fazemos cartas que gostamos de guardar em nossas cabeças e depois esquecer. igual agora. cartas de esquecimento. porque não gostamos de lembrar das coisas quando estamos juntos. só vale inventar. e combinamos de um sempre aparecer para o outro até morrer.

a caverna

areia sob os pés caminhamos de mãos dadas. areia movediça. você está feliz? sim. me dá tua mão. é bom? é quente.
veja o mar como vem e nos chama. você sorri. e o sol? o
que acha? eu lembro de você. vínhamos aqui? posso chorar
junto se você quiser. não. deixe o sol sozinho. nem pense
em tocá-lo. você sabe o que acontece. o incêndio sempre
toma conta das águas e ainda não somos capazes de conter
o fogo. vê lá ao fundo aquele prédio desabando na linha
da praia? permanecemos em silêncio. observando. em respeito à gravidade que insiste em nos puxar para baixo. as
pedras despencando rolam pelo ar e tocam a água. penetram fundo no mar e criam ondas. as ondas iniciam seu
movimento de curva. elevam-se na altura do céu. cobrem
o sol e nos escurecem. e desabam. com a força do mundo
chegam até nós. dobro a coluna e me abaixo. faço uma re-
verência. no embalo cato uma concha. ouça. o que você vê?
um homem empurra um menino numa balança. o homem
recolhe o menino em seus tentáculos. o homem assopra o
olho do menino que se fecha. o homem sumindo devagar
da fotografia. o homem uma estátua de horror. o homem

e seus dentes carniceiros sorrindo num cartaz de filme. o homem e suas patas e seus pelos que cobrem a sua face. o homem de quatro corre. salta pra dentro do abismo. coloco a concha de novo no chão. momento mais que esperado a onda arrebenta em nossa frente e nos arremessa de volta à casa que nos assiste ao fundo da imagem. a casa enche de água. a nossa casa fundo do mar. você pede que a água se acalme. me agrada a casa desse jeito. porque parar? a água para e fica nos olhando. saiam daqui! gritam os peixes que nos devoram. corremos lá pra fora pra ver o movimento da água que começa a se esvaziar da casa. é tudo muito rápido e bonito. ela vai saindo por todos os buracos e correndo pela areia movediça até chegar lá. lá onde? é tudo praia e não tem fim! a água não para de fugir e vamos correndo atrás dela e a areia movediça é uma montanha que temos de escalar pra baixo. vamos o mais rápido possível e não conseguimos alcança-la. ela é muito rápida! escoa ladeira abaixo numa velocidade sempre mais rápida que a nossa. pare! deixe a água. esqueça. há um buraco na parede e podemos ficar por aqui. é uma caverna e é escura e lá no fundo tem o barulho do fogo lapidando a terra. o barulho dos metais das batalhas dos homens se chocando contra os homens. os gritos agudos e estilhaçantes das profundezas entranhadas dos corpos. é quente e confortável o interior da terra. um tremor abre uma fenda sobre nossas cabeças e uma rajada de vento nos arremessa para o fundo da caverna. capotamos contra os corpos que chegaram antes de nós. ainda em pé ficamos ali parados esperando. o barulho aumenta. o calor aumenta. o número de corpos aumenta.

já não dá mais pra saber quem são os barulhos quem são os corpos. é tudo muito. é tudo tanto e tanta coisa que fica impossível falar. o cheiro da caverna é escuro amargo. escuro amargo e roxo. é mais fácil dizer a cor de um cheiro que o seu gosto. a caverna já tem corpos o suficiente. e eles já têm tudo o que precisam. só que eles querem mais. eles sempre querem mais. aqui não é nosso lugar. já podemos ir embora. o teto é baixo. cavamos com as mãos através da fenda e subimos até em casa novamente.

a televisão

sento no chão e começo a desenhar as pistas dos carros de corrida da fórmula 1. pego a caixa de dominós da disney. cada peça é uma figura diferente então cada peça vai ser um piloto diferente. a melhor peça é a que tem as duas fotos do tio patinhas. o tio patinhas é o mais rico e é o meu piloto favorito. eu torço pra ele mas ele não vai ganhar todas senão fica sem graça e é sacanagem com os outros pilotos que também estão competindo. eles não vão mais querer correr se uma vez ou outra eles não ganharem uma corrida. então eu deixo eles ganharem uma vez ou outra de vez em quando. eles não podem saber que sou eu que estou deixando eles ganharem uma vez ou outra senão eles não vão mais querer correr as corridas. tem que ser de um jeito que eu sempre ganhe e que eles não fiquem sabendo que eu vou sempre ganhar e que quando eles ganham é porque eu deixo. aí eu anoto tudo no meu caderno de capa vermelha. faço as tabelas igual na televisão. uma coluna de pontos e uma coluna de nomes. coloco o nome do meu favorito primeiro. não. não faço isso. eles vão desconfiar se eu fizer isso. coloco o nome do seu maior inimigo primeiro. não. não faço isso também. vai parecer que eu quero favorecer o inimigo só porque não coloquei o nome do meu favorito primeiro então coloquei o dele. vou fazer um sorteio. melhor. vou escrever o nome de todos nuns papéis e coloco num saco plástico e chacoalho bem e vou tirando e anotando um a um pra não esquecer. só que não pode ser eu quem tira os papéis senão depois vão dizer que eu estou roubando. levanto. abro a porta do quarto. a casa está vazia. só o barulho da panela de pressão na cozinha. a mulher deve estar fazendo feijão. a mulher sempre faz feijão naquela panela que faz barulho. um dia essa panela explode e. vou bem devagar na ponta dos pés. eu sei caminhar sem fazer barulho. aqui em casa não pode fazer barulho nem quando os barulhos lá de fora são maiores que os daqui de dentro. viro a chave da porta bem devagar. cléc. abro a porta da sala e vou até a casa da camila. a camila não está. droga. prefiro a camila. a gente vai junto pro colégio e a gente se gosta. a gente até já deu um beijo escondido na garagem do prédio. no quartinho das bicicletas. ninguém sabe. só os meus primos que não são meus primos de verdade. você entende? a gente cresceu junto e parece que eles são meus primos. as pessoas dizem que somos primos. não somos primos. somos amigos que cresceram juntos. pode ser a flávia então. a irmã da camila. ela é mais velha e fica comigo de vez em quando quando a mulher tem de sair e eu não posso ir junto. oi. oi. vem comigo. já vou. mãe vou com ele. a flávia vem comigo até o meu quarto e tira os papéis um de cada vez. eu anoto todos os nomes um de cada vez. o meu favorito é o terceiro. oba. o inimigo ficou em quinto. acho bom. assim ninguém vai ficar dizendo que eu roubo. a flávia olha um pouco e vai embora. a mulher vê a flávia indo embora e pergunta o que a flávia estava fazendo aqui em casa. veio me ensinar a lição de matemática. a flávia é mais velha e às vezes vem me ensinar lições de matemática. eu finjo que falo a verdade e a mulher finge que acredita. fingimos que nos gostamos assim. termino de desenhar as pistas. posiciono os carros em suas posições. antes eu faço as tomadas de tempo pra ver quem sai na pole position. o meu favorito não pode ficar em primeiro na primeira corrida. e o inimigo dele também não pode. então deixo igual ao sorteio que a flávia fez. pra primeira corrida está bom. e posiciono todos nas suas posições. eles arrancam para o grande prêmio do rio de janeiro em jacarepaguá. serão sessenta e seis voltas de pura emoção. repito o texto da televisão. sei todos os textos da tv de cor. em duas horas teremos um vencedor.

o natal

sempre no natal alguém tem de assumir a fantasia de papai noel. às vezes é meu pai. às vezes é meu tio. eles se revezam. outros já tentaram. sem sucesso. pra fazer isso todo ano a pessoa tem de acreditar no espírito natalino e fazer com amor. diz uma das tias com a cabeça meio inclinada pra baixo e os punhos cerrados perto do peito. a voz dramática de cancioneiro francês. não pode fazer por farra. ela insiste. e discursa por mais alguns minutos até só restar ela e minha avó na plateia. aqueles que tentam um pouco pra serem legais com a família um pouco porque acabaram de entrar pra família um pouco pra agradar os mais velhos um pouco porque são burros logo desistem e vão cuidar de suas coisas. fazem bem. por isso acabou ficando só meu pai e meu tio. o resto tenta vez ou outra aparecer travestido querendo agradar. não funciona. é um fardo. reunir toda a família no fim de ano e fazer todos esses pratos e comprar todos esses presentes e gastar todo esse dinheiro. claro que é um fardo. e acho que eles gostam de carrega-lo. todo ano sumir no meio da festa pra vestir a roupa bem na hora que o whisky começa a fazer efeito na cabeça e perder o melhor momento da embriaguez. é um desperdício com o drinque. diz o tio maé que não é tio mas é como se fosse porque ele é amigo de infância do meu pai e eles sempre bebem juntos quase todos os dias e quando ele me leva junto eu ganho um refri e um bolinho de carne e fico escorado no balcão ouvindo ele repetir essa frase quando um outro amigo precisa ir embora pra levar as compras do lar antes da hora que ele o maé acha que é a hora certa. ele não está ali na festa mas se estivesse diria isso. diria só pra mim. droga. lá vou eu de novo. diz meu tio. meu pai diz também. mas eles dizem no fundo calados cerrando os dentes. os dois sempre foram meio ruins em dizer as coisas pros outros. acho que pra não magoar é melhor ter uma baita dor de estômago uma gastrite um câncer um negócio verde fluorescente brilhando dentro de si. um fígado a menos e tudo vai ficar bem. é só beber um pouquinho ficar lélé e deixar o desconfiômetro de lado. esse é o mantra do pai do tio maé e do tio normal. e hoje é a vez do pai. lá vai ele lá pro quarto dos avós lá no fundo do corredor repetindo em silêncio a sua canção. todo ano eles dizem a mesma coisa e repetem a mesma cena. se escondem em um dos quartos e saem pela janela. que trabalho fazer tudo isso. penso. aí ele entra pela porta. saco de presentes nas mãos. fantasia velha de dez anos atrás trocando de mãos a cada natal e cheia de remendos na bunda. sorriso mole meio torto nos cantos da boca. tropeça nos móveis e senta no sofá preparado especialmente pra ele. desaba. a criançada toda se espalha no carpete. mal ele começa a falar e a fala já sai toda enrolada e alguém sussurra lá da porta da cozinha. olha o bafo de pinga na cara da piazada. e bufa feito uma égua velha. é a esposa dele. e uma das irmãs dela. o coro do covil das éguas. viram o rosto e saem cozinha adentro pra pegar café e pitar um cigarrinho. elas não sabem que as outras pessoas podem ouvir o que elas falam. mentira. sabem sim. fazem isso de sair de propósito. isso de sair de fianco reclamando no volume certo pras pessoas certas ouvirem e começarem um outro coro agora. o dos bêbados boêmios e moralistas de plantão que vão lá com os copos transbordando feito um maremoto nas mãos provocar e tirar sarro do amigo que não pode beber porque agora reveza a criançada sentada nas pernas. ora numa. ora noutra. pra não prender a circulação e não acabar com o joelho. eles sempre reclamam dos joelhos nessa hora e das pernas formigando. às vezes até se levantam pra fazer alongamento. reclamam baixinho pra ninguém ouvir mas todo mundo ouve. em família todo mundo sempre ouve. vai deixar a piazada bêbada só de respirar no cangote delas. diz um cunhado. e não importa qual. em festa de família não importam os cunhados. cunhado não importa. cunhado não é família. porque você não vai passar o natal com a sua família? grita o avô. o patriarca. o alicerce da tradição. o cume da montanha. o velho touro olhos fundos semblante militar sentado no sofá com o radinho de pilha grudado na orelha e a caneca metálica de café pra disfarçar o conhaque. quem lê pensa que ele é um cara bacana. tira a mão do papai noel! ele continua. não precisa gritar! grita uma das filhas. papai já está bêbado de novo. regurgita outra das filhas. e assim começa a discussão de natal entre o cunhado e o avô. e dessa vez não é sobre as facas sem fio que todo ano a avó espalha pela mesa pra metade da família se irritar que as facas não cortam as carnes e que alguns têm de rasgar as fibras do porco e do boi segurando o garfo feito um animal e quando o garfo ou a faca ou ambos escapam faz uma chuva de arroz em cima da mesa. então alguns se perguntam porque não mudar os talheres. e de bate pronto uma tia já emenda. se ninguém tem a iniciativa de trazer talheres novos eles é que não vão sair da gaveta voando. estão responsabilizando a avó tadinha que quase nem sai mais da frente da televisão. porque aquelas facas porque aqueles talheres porque aquelas coisas que não cortam? não sei. penso. deve ser pra todo mundo poder dizer que todo ano é a mesma coisa. há um contentamento coletivo generalizado em dizer que todo ano as coisas continuam como no ano anterior. no trabalho. na rua. na família. na igreja. é mais fácil conviver assim? penso penso penso. leio pensamentos. as pessoas quando elas são sempre iguais é mais fácil de acertar o remédio. só que não. agora o cunhado e o avô discutem sobre a guarda compartilhada da menina de seis anos que está sentada no colo do papai noel e que é fruto do primeiro casamento do cunhado e que ele nem tem certeza se o filho é dele porque tem um exame rolando de lá pra cá na justiça e ele sempre protela a convocação do advogado. por que é um canalha! diz o avô opinando sobre o caráter do homem. é o que o papai noel estava esperando. a sua deixa. ele já sabia que uma hora outra isso ia acontecer e que a atenção ia sair dele um pouquinho então ele trouxe consigo uma garrafinha de whisky mocada na bota. palmas para o papai noel. nem tenta disfarçar. saca a garrafinha e emborca um golão de alguns segundos. a menina tenta pegar a garrafinha e o bom velhinho dá um gole pra ela que enruga a cara com o gosto platinado do bourbon queimando a gargantinha dela. o outro tio vê e cai na gargalhada. um dos primos sai correndo pra cozinha pra contar pra tia. a tia e a esposa apagam os cigarros na torneira da pia e correm pra arrancar da mão do papai noel a sua fiel escudeira. discutem. lógico. voa whisky no carpete. praguejam. amaldiçoam. meu deus meu deus. sacodem os braços. a irmã segundo casamento do cunhado empurra ele pro quarto. o avô fica gralhando no sofá. a avó assiste a tudo impávida arrumando a mesa com as mesmas facas e garfos do tempo do epa com um leve sorriso na cara que só agora começo a entender. sorrio pra ela também. em dez anos esse foi nosso segundo e último momento de cumplicidade verdadeira. ela me olha virando a cabeça de leve e me dá um sorriso que de tão belo me arranca do chão e como que estivesse dando uma ordem me arremessa de encontro às suas pernas prum abraço de segundos minutos anos. olho pra cima e os seus olhos infinitos estão me olhando. sorrimos. ela está se despedindo de mim. será nosso segredo. fico por ali ajudando a vozinha a arrumar a mesa com as mesmas facas e garfos. quem já recebeu o embrulho do papai noel sai em disparada cavalo paraguaio pro quintal pra desvirginar a dádiva. aos que ainda não sentaram no colinho do papi resta invadir a árvore em busca do seu graal. são as hienas de natal. urubus se bicando por um pedaço da carcaça que resta debaixo do pinheiro magro. a decoração começa a despencar. a tia que discute com o papai noel liga o modo pânico na cabeça e corre em socorro da árvore. pobre árvore. ela sussurra. pobre porque é dela. se fosse de outro ela não diria isso. ainda consegue catar umas bolas no ar. a esposa agora está na cozinha esvaziando a garrafinha do que resta do drinque. olho em volta e o papai noel já se retirou. pela fresta da porta do banheiro o semblante triste de um homem que faz aquilo que não quer fazer. na sala alguns ainda riem do caos. são os cúmplices do natal. os galhofeiros. as hienas que se protegem em bando. a avó termina de por o último talher e com a ponta do dedo indicador da mão direita conta em voz baixa todos os pratos e pergunta pra mim. ficou alguém de fora? não. respondo com a cabeça. ela me põe sentado numa cadeira. senta-se ao meu lado. me faz um carinho. feito um cão esfrego a cabeça na palma de sua mão. ela sorri. me dá um beijo. e diz. feliz natal.

lazarus

de repente é o quarto. e não é mais. de repente é a sala. e
não é mais. de repente do banheiro vem a chuva. e o barulho que ensurdece. o barulho da chuva. tapo os ouvidos
com a ponta dos dedos. a água tilintando nas paredes de
ferro me ensina a odiar o caos. penso em ambos e descubro
que estamos ligados desde o nascimento.
[eu + meu medo da água + o caos]
na sala a mesa branca. só a mesa branca. a sala está vazia.
as dobras das paredes são o infinito.
e eu de cuecas.
eu de novo na sala branca. no meio da sala branca. e a
mesa. e em cima da mesa a faca de usar.
tem solidão na faca. tem a tristeza que é melancólica. tem
a embolia das horas.
é isto?
sim. é você.
então ficamos em silêncio para nos homenagear.
na parede estão todos os números do mundo como se eu
os tivesse escrito durante a vida inteira num ato reflexo
de auto escravidão começando ainda criança recém alfa-

betizado partindo do zero. há muitos zeros aqui. e é tudo compreensível.

e de repente é o quarto de novo.

e tem a cama de transar e as memórias fotográficas que fabulei pra ser feliz espalhadas pelo chão. e tem o espelho pra se não-esquecer.

no espelho eu de cuecas me olhando na frente do espelho e uma luz fria azulada sai dos olhos branquiscuros. são os tentáculos do sol. e ele não me deixa enxergar.

bem devagar

   [porque estou cego e a partir de agora

     só posso me mover devagar]

movo a cabeça pro lado esquerdo mirando a janela pra me sentir o vento trazendo coisas mortas. sou o vento me dizendo coisas. palavras que eu não quis escutar no parto.

---

você está em cima de um trampolim e mais três estão com você. à sua frente.

1

2

3

4

você ouve seu nome ser repetido infinitas vezes com pausas curtas num tom monocórdico lento e grave.

não tenha pressa. cada um terá a sua vez.

o primeiro faz a pergunta que tem de ser feita

    [ele nunca se arrepende]

e deixa seu corpo cair em direção ao buraco negro que é o
ralo por onde devemos escoar no fim.
o segundo é um amigo muito próximo e tem lágrimas nos
olhos. esse cai em silêncio.
o terceiro é a sombra. muito próxima também é a sombra.
você tenta tocá-la. e ela é fria. e ao cair ela olha para trás. você
não quer que ela caia. não quer ficar sozinho. ela ri. gargalha.
está feito.
você é o próximo e o seu corpo se precipita em direção à
ponta do trampolim.
agora serão anos até você entender a queda.

---

estou morto.
há silêncio.
e no silêncio há pessoas.
há pessoas e elas se importam com o corpo que jaz.
     [contrariando meu único desejo de vivo]
todas de preto. todas tristes. todas tristes e reunidas porque sabem que vão morrer. e isso as deixa tristes. e descubro que foi isso que nos separou.
fico feliz em saber disso agora.
são todos paranormais e seus corpos invadem as lágrimas
com seus rostos sujos.
rostos sujos de vilania.
e de repente é uma multidão enfurecida por dentro. o coletivo da vil sabedoria.
hipócritas se autodevorando.

saio dali.

cavo a terra vermelha com a boca e com as unhas. desinvado a caixa preta de madeira que me deram.

---

na primeira esquina vejo prédios caindo. prédios de vidro estilhaçando no asfalto. prédios em cima de prédios em cima de prédios. um atrás do outro caindo no vazio preenchendo o silêncio. e os cacos metralhados voando rasgam o papel de parede da minha pele. e compõem a minha armadura.

nesse instante emerge do sangue um guerreiro herói medievo cravejado de vidros e de açoite na mão. e o açoite tem espinhos duros de metal forjado no paraíso por mãos abençoadas. e o açoite se choca contra a armadura quatrocentas mil vezes. bate. bate muito. esbraveja contra o corpo e soca chão. bate nas costas. nas pernas. na face.

e todos à volta do grande guerreiro penitente se olham na armadura espelhada e pedem clemência.

o guerreiro ajoelha.

mas a mão que abençoa é a mesma mão que fabricou o açoite e ela nasceu para segurá-lo com força e fazer o que tem de ser feito.

é a regra e sempre foi assim.

a mão tem de bater cada vez mais.

e mais forte.

e mais forte.

e mais forte.

---

do outro lado da rua vejo pessoas reunidas por uma discussão. discutem muito. esbravejam. balançam as mãos no ar. são em número de sete e não conseguem decidir mais nada. pelos olhos fundos e perplexos já devem estar nesse embate há muitas eras. já se esqueceram o que vieram fazer aqui. preciso avançar. desencaixo as mãos de açoite que me deram e as largo ali mesmo no asfalto e me dirijo ao mar.
e de repente sou eu de novo.
e o mar.
tenho a única lembrança que é só minha.
    [eu criança brincando com a água do mar
    catando pequenos siris que se escondem na areia]
e ele me recebe novamente com o carinho das eras. e me acalma pelos pés. depois tornozelos. e joelhos. quadris. pescoço. nos abraçamos e assim nos afogamos um pelo outro. de costas para o mundo deslizamos um dentro do outro fazendo amor. ainda dá tempo de pensar em nada e ver o sol furando com seus tentáculos o verde da água. esqueço o sol. conto cento e trinta e seis bolinhas antes de tocar o fundo do mar com as costas.
essa ainda não é a calmaria que pensei ter conhecido nos livros.
há muitos peixes aqui.
eles me devoram e fogem.
agora sim.
agora existe a caveira e o limo que começa a se formar.
eu moro aqui.

o menino

apreendo palavras como quem tange o infinito.
o louco. o cego. o bailarino.

só.

um menino.
que ainda sabe o gosto da chuva.
mesmo com o abismo sob seus pés.

o corpo

o meu corpo

[o corpo dela]

é um campo de testes. um chamado demoníaco rocambolesco para bacanais. um estacionamento para carros gigantesco no centro da cidade com meninos e meninas travestidos na frente convidando para entrar com os braços se abanando de um lado para o outro freneticamente acima das cabeças com plaquinhas de preços módicos e promocionais coladas ao corpo dando gritinhos estridentes. entrem! entrem! quanto mais melhor.

o meu corpo

[o corpo dela]

é um grande invólucro com buracos molhadinhos. coxinhas de frango besuntadas em banha de porco. coxinhas gordas gordurentas molhadinhas que você come por aí. você já comeu uma assim. eu sei. coxinhas de enfiar os dedos e chupar catupiry. de se besuntar e se lamber e se limpar com a manga da camisa aberta. de se espalhar e esbaldar no sabor no cheiro no gosto gostoso da massa crocante. na rodoviária no boteco na padoca no cafofo na quiçaça na quebrada da rua riachuelo. recém fritinha saindo do óleo pingando no chão. com cervejinha pra ficar lélé com os amigos barulhentos na festa do clube no iate na laje no aniversário do filhinho da vizinha amiga gostosona. caminhando pro trabalho contando pedras no chão de cabeça baixa e se borrando de medo da vida e se comparando e se fingindo e se comparando e se fingindo ser um atleta no reflexo da vitrine em condições de bater o resto das pessoas magras e musculosas e bonitas que se contorcem cobras najas sobre os ferros e anilhas e esteiras e máquinas de embelezar. e sozinha em casa na frente da televisão chorar o verdadeiro choro arrependido se escorrendo no chão da sala no tapete mofado com a boca cheia de choro e ódio de não ter feito metade da metade da metade do que não devia ter feito nos últimos anos. ninguém mais vai querer roçar em você. e você sabe porque.

o meu corpo
          [o corpo dela]
é cheio de buracos quentes de usar. buracos quentes de usar muito a toda hora a todo instante. buracos pras pessoas animais colocarem os dedos tentáculos com força e testarem a resistência da pele só pra ver o elástico dos músculos resistindo a tanta pressão como se precisassem mostrar pra si mesmos o poderio de seus canhões contra os muros do castelo que será conquistado invadido debulhado em alguns instantes. conquistar a caverna romper com os medos roer a corda. se despedaçar contra as paredes musculosas do meu corpo.

[o corpo dela]
atulhado de mistérios o corpo gravuras de horror pintadas
com sangue ainda no interior escuro e denso do ventre.

a festa americana

11 12 13 anos. festinha americana. meninos salgadinhos. meninas refrigerantes. íamos aos montes. toda a piazada reunida. de quem você é afim? festinha de salão de prédio. porra piá! cê trouxe fandangos de novo. hahaha. isso aí é coisa de piá. todos riem. o japa é mais velho e leva um tubão. o duda ri e depois fica quieto. o andré é o menos pau no cu e sempre fala pra mim que não dá nada. eu ainda sou muito novo. metade burro. metade ingênuo. acredito nas paradas. levo fandangos presunto porque é o melhor sabor que existe. nossa! já te contei? com coca então! nem se fala! coca com fandangos é a obra da criação. aí eu corro pra minha mãe e falo que vai ter festinha americana no flamboyant e minha mãe corre no mercado e compra um pacote de fandangos presunto. a gente nem come essas coisas em casa. mas na festinha o negócio é coca com fandangos. mentira. essa é a mãe do duda falando. a minha tenho de rezar pra que deixe eu ir na festinha. e rezar de novo pra me dar uns trocados preu comprar um salgadinho e não chegar de mãos abanando na festinha. vou lá e peço pra mãe. não. vou lá e peço pro pai. sim. cinquenta

cinquenta. um quer uma coisa. outro quer outra. é sempre assim. decido que devo ir. e num meio a meio vale o que eu acho. tomo um banho bem quente pra tirar o fedor de piá do corpo e boto minha melhor roupa que é aquela que eu uso toda festinha. cê pôs essa camisa do teu vô de novo?! até já perdeu a graça. a piazada sempre tira sarro. aí meu pai vem e me ensina uma manha. essa é nova. você pega o desodorante e espirra um tantão na mão. aí você joga um pouco de água. mistura e taca na cara. pronto. elas não resistem. vão te atacar no primeiro cheiro. meu pai tem as manhas. faço o que ele diz ainda de rosto abaixado na pia. todas elas me querendo. levanto a cabeça e me olho no espelho. elas me atacam. auto estima lá em cima vou encontrar a piazada. todo mundo na pracinha da secretaria de educação. o japa tá fumando. será que é bom? arde na garganta. a piazada é só comentário. tá todo mundo de cara com o japa. o japa foi morar com o pai dele no paraguai e agora ele fuma e usa perfume. já é um homem. damos um tempo ali. um tempo pra nada. só pra ficarmos ali olhando um pra cara do outro se cutucando se batendo um dando porrada no outro se cuspindo. alguém falou que não é legal chegar cedo nas festinhas. os caras fodas sempre chegam depois da metade. eu já acho que não. a gente já podia ter ido faz tempo pra curtir mais. o duda diz que tá na hora. como ele sabe que já tá na hora? piazada toda junta vamos descendo a rua dom pedro rumo a avenida kennedy. o japa dá uns berrão no meio da rua. é meia noite e ele adora apavorar a vizinhança. o japa é grandão. dá dois de mim. dois nada. dá eu o duda e o andré juntos. e mais o tonho o padilha o macaco o adriano o vina e o itinho que encontramos pelo caminho. o vina também tá fumando. ele não tem bronquite? sempre tem aquela bombinha no bolso quando falta ar. o tonho é alto e adora basquete. mas ele também joga no gol pro time da pracinha. porque alguém gosta de jogar no gol? não entendo. ele adora dizer que é uma aranha no gol. pra mim ele é um caranguejo. estilo caranguejo. o primeiro tubão acaba e o japa taca a garrafa no meio da rua. ela explode. faz um barulho enorme. tira outra cheinha de dentro da sua mochila. abre. dá um golão. faz umas caretas e hahahaha!!! acende outro cigarro. estamos quase na esquina da kennedy e tá lá o prédio. já dá pra ver o meu reduto do amor. é lá que a mágica acontece. já sinto o cheiro dela. passo a semana inteira esperando. fico parado duro congelado de medo de nervoso de tudo e tiro o pinto pra fora e finjo que vou mijar. fico um pouco pra trás. a piazada vai indo e eu vou logo depois. eles tomam uns goles do tubão do japa. eu não tenho coragem ainda. param no portão do prédio. começa a chegar todo mundo. toda a galera reunida. várias gangues de vários lugares. nem é gangue. na verdade todo mundo se conhece. todo mundo estuda no mesmo colégio. esse clima de gangue é só da boca pra fora. a gente é que gosta de falar que faz parte de um bando. a gente joga bola tudo junto todo dia. e aí acontece o que eu mais temia. um avião cai na kennedy causando o maior dos terremotos e uma tempestade rasga o céu e um tsunami dentro da minha cabeça. merda! fecho os olhos. tenho medo. aperto forte o pacotinho de fandangos que se racham com a pressão como se meus dentes estivessem trincando de raiva. penso que daqui a pouco vai ficar tudo bem. lembro de respirar. meu vô pai do meu pai sempre me dizia que tudo fica bem quando a gente pensa que fica bem e. oi. não vou abrir os olhos. não quero ver. isso só pode ser um episódio de desenho animado e eu vou me foder se. oi. de novo. tá bom. eu vou abrir os olhos. mas um só. bem devagar. oi. é a helô. e ela tá ali paradinha na minha frente. pequenininha. morena. os olhos castanhos caídos nas extremidades. o cabelo negro comprido de índia. o sorriso dela e ela sorrindo sorrindo e eu olhando olhando a boca os dentes os lábios dela um veludo e o sorriso é lindo lindo lindo e ninguém nunca pintou esse sorriso e a voz que sai é um bem te vi ludibriando os meus tímpanos e na sua mão direita uma outra mão que não é a dela é a mão do. oi tavinho. tudo congela. oi zé. na verdade tudo volta ao normal. olha! você trouxe farofa de fandangos! hahahaha! as coisas sempre são como devem ser. e não vão mudar como na música da carly simon que vai tocar em menos de meia hora lá dentro do salão de festas e todos vão se tirar pra dançar e o zé vai dançar com a helô e os braços dele em volta da cintura dela e eles se olhando e se beijando e todos terão um par e eu vou ficar ali de butuca feito um farol pra lá e pra cá encostado na mesa das comidas comendo fandangos presunto triturado que só eu trouxe e tomando copos atrás de copos de coca cola pra ocupar as mãos e disfarçar a vontade de morrer só pensando porque ele e não eu. e eu não vou embora. mas é só ir. ninguém tá te segurando. pega tuas coisas e vai. vai ser melhor do que ficar aí mongolóide se torturando. não.

não vou. fico até o final da festa. quase nem me movo. quase nem me vejo. a piazada tá bêbada com o tubão do japa. riem. dão risadas altas escandalosas e o síndico desce e manda todo mundo embora. é sempre assim. junto o resto do que sobrou e saio. tchau tchau. tchau. até amanhã. amanhã nada. só segunda. ah é! esqueci. valeu. té mais. tchau. falou. falou. tchau tchau. é isso aí piazada. até mais. se falamos. tchau tchau. tchau. tchau helô. ela não ouve. será que eu falei pra ela ouvir? subimos a dom pedro agora do lado contrário. ladeira íngreme. a piazada meio cansada meio louca falando sozinha. aí o japa taca uma pedra num vidro e chuta uma lata de lixo e dá um tapão numa placa. todo mundo se assusta. ele grita. os outros gritam. eu também grito. todo mundo começa a berrar e sai correndo. somos muito engraçados quando estamos em bando. todos riem agora. hahahaha!!! e assim vamos seguindo. ladrando feito cães mentecaptos enquanto a caravana passa.

os 13 anos

comecei a beber eu tinha 13 anos. aí eu fui numa festa bebi e entrei em coma alcoólico. parei de beber eu tinha 13 anos.

o som das coisas

olho pra frente e não vejo grandes perspectivas de sucesso.
tudo não passa de um grande engarrafamento num calor
do caralho. um enorme buzinaço e pessoas com os vidros
dos carros abertos e os braços pra fora das janelas abanando tentáculos. eu eu eu. igual quando se corta o rabinho
de uma lagartixa. igual quando se corta a cabeça de uma
galinha. igual na tv o pânico dos animais que são mortos
e ainda ficam se mexendo. é verdade. você diz. tudo não
passa de um grande engarrafamento num calor do caralho.
um enorme buzinaço e pessoas com os vidros dos carros
abertos e os braços pra fora das janelas abanando tentáculos. eu eu eu. igual quando se corta o rabinho de uma
lagartixa. igual quando se corta a cabeça de uma galinha.
igual na tv o pânico dos animais que são mortos e ainda ficam se mexendo. estamos ligados no modo pânico.
aos berros ninguém se ouve. aos berros ninguém se quer.
ninguém realmente se quer. é o bando do me dá me dá. e
do me dá mais. e eu e você parados aqui no fundo. aqui
atrás nus no fundão observando. voyeurizando com nossos óculos escuros de raio-x. olhando tudo de dentro pra

fora. olha lá. você aponta. olho. dentro de um dos carros um homem sente uma pontada na cabeça. aperta os olhos contrai a mandíbula passa a mão. é a enxaqueca chegando. ele passa a mão no estômago e na nuca. vai ao porta luvas. nada. só manuais e papel higiênico e uma foto da filha e da esposa. merda. ele pensa. sem remédios ele entra em desespero. a vista começa a embaçar. o estômago uma bomba relógio. a enxaqueca avisa que está chegando e ele não tem um remedinho pra aliviar a tensão. o homem olha pra cima. afrouxa a gravata. limpa o suor da testa com a manga da camisa nova que acabou de ganhar da amante depois do banho no motelzinho de sempre pra comemorar os três anos de relacionamento. feliz três anos meu amor. ela diz. champanhota canapés posição nova que ele viu na internet e no fim ele diz que vai ter uma viagem de trabalho e que vai leva-la junto. paris. ela adorou a ideia. então ele arregaça as mangas. mira o teto do carro à procura de algum deus que o ajude. ele tá bem mal né? pergunto a você. está 34 graus lá fora. é muito pra essa cidade. ele precisa relaxar. diz você. impossível. penso. se ele estivesse aqui com a gente daríamos uma bola do nosso baseado pra ele e ele ficaria numa boa. não. diz você. entraria em paranoia e sairia correndo do carro com o extintorzinho na mão fazendo vítimas do seu acesso de enxaqueca e seria preso ainda na esquina por um guardinha que precisando mostrar serviço e muito puto porque sua mulher mandou ele pra fora de casa hoje à noite por causa do aluguel atrasado da comida pro bebê e as fraldas de pano que ela tem de lavar na mão porque não dá pra comprar as da propaganda porque eles estão sem grana e não tem o que fazer já que a prefeitura atrasou os salários da guarda municipal e ele com muita raiva de ter votado no atual prefeito que disse que isso nunca aconteceria vai pegar seu cassetete e vai dar uma só bem dada no meio da testa do. mentira. espera. você para respira e retoma. só vai lembrar de ter dado uma. na verdade ele vai ser detido preso vai passar uma puta vergonha na frente da galera no quartel e alguns amigos vão dizer que ele tinha a razão e fez o que tinha de ser feito e outros vão criticar e moralizar e quase até vão dar as mãos e cantar e louvar e blá blá blá evangelizar o cara que agora está preso e não pode fazer nada e outros vão comentar na surdina que ele é um mané porque com filho e mulher pra sustentar vai se meter a espancador de gente louca no trânsito e até um outro amigo mas esse aí é amigo da onça vai pensar sozinho num canto que isso é bom que agora é a sua chance já que agora o caminho está aberto pra dar um chego na mulher do guardinha pois ela vai ficar sozinha e vai precisar de proteção masculina e tudo o mais. porra! vai ser foda pro guardinha. digo. e no inquérito vai constar que ele deu trinta e duas marretadas com seu amansa louco na cabeça do homem que corria com um extintor na mão completamente alucinado mandando ver pó químico nas pessoas gritando meu deus meu deus onde está você que não me acode. você continua pra finalizar. e no fim tudo vai ficar bem. bem pra quem? inquiro. o pânico vai passar e as pessoas vão continuar suas vidinhas assim que o semáforo abrir. você continua. já gozadas pela gritaria toda e pelo guardinha espancador e o tiozão de extintor que corria pela vicente machado manchando a galera de branco fazendo nevar em pleno verão as pessoas vão descer a avenida seguindo o curso natural das coisas que é o que deve ser feito em momentos de muito calor. quer mais uma bola? não tô de boa. agora é um bom momento pra fumar um baseado e ficar tranquilo. é verdade. aumenta o som.

o esculpidor de nuvens

deitado no mar uma cama. costas pro abismo. os olhos
contam. uma duas três. entre piscadas esculpo nuvens que
entram pelo canto do olho direito de um lado e saem pelo
canto do olho esquerdo do outro um pouco mais

menos nuvens.

enquanto isso as ondas vêm e passam por trás riscando
as costas me balançando à deriva. fecho os olhos. pisco
mais devagar. deixo a preguiça tomar conta da dança. a luz
que abre e fecha as minhas retinas me bambeiam. enxergo
manchas. fico tonto. o corpo gelatina devagar num valsea-
do de pra lá e pra cá. eumulher sendo bailado pela força
atraente do mar. uma duas três. as ondas passam dançam
seduzem e levam embora as horas e o calor do sol. pode
ser que não voltem. é assim com as nuvens.

começa a chover.

os pingos caem aqui e lá. na pele um pouco. arrepia. começa refrescante levantando um leve mormaço. dá pra distinguir certinho o som de cada um deles ao cair. aqui e lá e mais longe. uma canção cantada ao pé do ouvido. e aqui e lá e mais longe e muito mais. um réquiem da água do mar com a água da chuva. como já se conhecessem há tanto tempo que nem precisassem mais pedir licença para entrar. fico como a única testemunha desse namoro. a essa altura já se inundam e fica impossível contar os pingos nessa velocidade. o vento vem chegando. dá uma duas três rufadas e o mar se levanta. exibido. levanta ondas feito toalhas no varal. e elas se engalfinham numa brincadeira de luta. se chicoteiam e explodem no ar. é o mar trovejando e abrindo sua grande boca pra me engolir. as ondas disputam quem chega primeiro à praia. aceleram com o vento e passam e me levam junto. nem notam minha presença. de um só golpe estou deitado com a barriga atochada na areia da praia. levanto a cabeça e elas estão se despedindo com a deferência que só os amantes conhecem. de costas novamente em direção ao mar. pra se juntar às suas irmãs mais novas que chegam a todo instante e se apresentam à praia. não a mim. não é por nós. é pela terra que o mar se apaixona e vem toda onda beijar seus pés.

o cão mentecapto

o cão mentecapto

meu corpo não serve. não serve pra coisas que eu queria que servisse. não serve pra certas idiossincrasias e isso me soa estranho. a palavra idiossincrasia. meu corpo é pra quase nada. meu corpo serve pra quase nada que me é necessário. meu corpo não é capaz de fazer aqueles movimentos elásticos de bailarina de coxas torneadas e canelas grossas difíceis de abarcar com uma mão. pelo contrário. meu corpo infelizmente não serve para bailarismos. acrobacias são para acróbatas. eu tão somente com dificuldade me equilibro numa corda esticada ao chão. e isso já é muito. meu corpo é uma rocha. ironicamente tenho estampado no peito uma camiseta que diz que sim eu posso tudo e eles me querem. e o dedo indicador em riste da figura com cara de chefe ordenando na camiseta me incomoda e ela também não serve pra nada. tiro a camiseta. ela não me serve mais. tiro a calça também. não me serve. a cueca. as meias. os anéis. nada serve. tudo é decorativo. isso. agora vejo melhor pra que serve tudo isso. agora que não está mais nebuloso posso enxergar melhor. pra nada. serve pra nada. tiro os olhos fora. eles não servem pra enxergar. são apenas sacos de guardar quinquilharias. as mãos tateiam.

começam pelos pulsos. são finos e fracos e não suportam o peso das próprias mãos. elas também não se suportam. dedos tortos machucados cheios de cacoetes com cutículas de roer que só seguram as unhas. estão todos fora. pescoço flácido. junto com o tubo que vira língua e boca não serve mais. tem uma voz velha e sem uso que vive inflamada. corto fora. os ombros magros levemente caídos dão um tom de cão mentecapto. talvez fique com eles. refletem algo de verdadeiro. o pescoço não. nem a cabeça. não serve pra nada. é torta demais. de parto feito a fórceps. deve ser a causa das enxaquecas. mas isso não importa. ela será retirada amanhã. por último. do tronco não quero mais nada. ali dentro nada serve. está desgastado. marcas de tiro chicote arame farpado. já não servem mais. o tronco é sempre a pior parte de todas. a mais difícil de tirar fora. mas depois da cabeça desencaixada tudo fica mais simples. fico com o cu e com o pau. sim. o cu e o pau são importantes. as necessidades fisiológicas ainda são meus maiores prazeres. e o sexo? reflexiono. o cu e o pau ficam. junto com os ombros. por fim as pernas os joelhos os tornozelos e os pés. tudo lixo. todas as juntas abaixo da cintura sofrem de alguma doença. de algum modo suportaram o peso do resto. agora não mais. boto fora. pronto. satisfeito volto pra cama. deito. apago. amanhã serei apenas um cão mentecapto feito de cu e pau.

eu e o cão

sou esta caveira. olhos fundos. cabelos já não há. espelho numa mão vestido de noiva e buquê na outra à espera. às vezes os dedos que restaram coçam o corpo inteiro se raspando osso contra osso. se sorrio? sim. agora só isso. é o que mais gosto de fazer. vê os dentes que foram arrancados na última tentativa de um beijo? esqueci de relatar que só há um olho. o da direita. o da esquerda comi. tinha fome e já me doía ver tudo. comi só metade. o outro pedaço dei pro cão que me acompanha. somos dois mentecaptos à espreita. eu e o cão.

o cão me olha. rosna. é a fome de novo. já não há mais língua. penso. e os pensamentos doem os fios elétricos nervos curtos circuitos que se esticam a cada pensamento dentro do crânio cabeçudo. retiro mais uma costela. ofereço o pedaço de osso ao cão e ele me leva a mão inteira. maldito cão. maldito eu. temos fome.

chove. o vestido está encharcado. o cão está encharcado. e ele vem devagar manhoso sedutor e se abriga dentro dos meus ossos que restaram e os rói pra passar o tempo. cruzo a mão que resta sobre o peito e aguardo.

por isso cava
em silêncio?

de frente para a parede branca há o infinito da brancura
onde o universo dobra. nessa fenda moram dois homens
sobre uma montanha. uma montanha de terra. de terra
vermelha. um é vadio e gargalha
       [a cabeça tão pra trás de tanto rir
         que não vejo seus olhos]
apoiado com um dos cotovelos no topo do cabo de uma
pá. conta a mesma piada. sempre a mesma piada. começa
querendo que ela nunca acabe. e ri sempre da mesma coisa
no mesmo ponto. e ri tanto que esquece de terminá-la. e
o outro só cava.
       [esse é trabalhador ortodoxo e não fala]
cava sem esboçar reação alguma um buraco que servirá de
cova para ambos. esmiúça a terra por dentro. revira. afofa.
usa de muita força. de maestria e reticência. o desenho da
sua rotina de movimento. crava a pá/pisa o pé/inclina o
cabo/puxa a pá/joga a terra/crava a pá/pisa o pé/inclina
o cabo/puxa a pá/joga a terra/crava a pá/pisa o pé/inclina

o cabo/puxa a pá/joga a terra. e volta a penetrar a terra. o sol fatia a carne. o suor escorre pelo metal. homens com feições de brutalidade. digo isso porque me lembram eu mesmo.

[por isso cava em silêncio]

o canibal
(para ericson pires)

um lobo que devora a matilha
e se une a outros da mesma espécie.

a última refeição

que eu já nascesse velho e doente com os buracos escorrendo pus e os ossos origamis esperando vento e sair voando. que eu já tivesse paciência e aguentar dores fosse um hobby de minha própria autoria. que as idas e vindas dos hospitais já fossem só elas grandes aventuras pelo passeio público e que eu pudesse levantar dessa cama e estender os braços pra ser levantado e jogado contra as nuvens e que os dentes amarelos banguelas tomassem a boca de assalto e desenrugassem a minha cara. que a metamorfose da carne já fosse toda ela comida de um verme sedento em se autodevorar

[tempo

preciso respirar]

a minha cara agora é um pano sujo e torcido. é o que me diz a voz flácida que sai aos trancos da garganta. minha voz sai como o ar dos balões de aniversário quando os enchemos e esvaziamos segurando o bico com a ponta dos dedos. um pouco agudo. um pouco irritante. um pouco como o guincho de uma ave de rapina ao avistar lá de cima a sua presa. e o que veem os olhos? através da retina janela embaçada de pó e geada? que eu já me aquiescesse do nojo que é apalpar meu rosto meu corpo minhas partes. as partes já saíram por aí em tussos e espirros e tenho certeza já viraram adubo e já devem ser outras coisas. prováveis árvores de maçãs que crescem em terrenos baldios da minha rua e que a piazada rouba com a intenção de cometer o maior dos crimes e sair na televisão. o corpo se esfarela a cada esquina. meu corpo se esfarela a cada troca de fralda. a cada vez que é trocado o soro que me nutre e me deixa vivo mais um pouco há meses. meu neto mais velho sugeriu que eu fosse uma máquina. velha. mas uma máquina. comparou-me a seu filho mais novo recém-nascido que ainda acorda come dorme caga acorda chora caga ri dorme caga acorda caga caga caga e às vezes só dorme e às vezes só caga e às vezes tudo junto. meu filho é uma máquina que dorme comendo e acorda cagando. e falou isso de um jeito despretensioso que só eu e ele e minha esposa entendemos. sem cinismo. sem ironia. falou de verdade porque é o que ele pensa mesmo. o mais sátiro de todos. o sátiro que evoca a morte no café da manhã porque aprendeu a trepar com ela. parado sozinho ao lado da janela por onde tacava a bituca de cigarro que fumava. sem nenhuma homenagem jogou ao léu essas palavras sabendo que eu as ouvia e que ria por dentro. que ria com a boca do estômago. o riso dos que não têm mais nada a perder. o riso que já não se ri mais. parado ali disse isso me beijou na boca e se foi. primeiro ele. depois minha esposa. ela só silenciou. que ela dissesse alguma coisa estaria mentindo. assim como todos os que dizem coisas demais depois de mortos. calaram-se os dois. e se foram. deixaram o quarto escuro e se dirigiram para seus carros suas vidas seus dias suas coisas mundanas. ainda deu tempo de ouvir passando pela janela um assobio raspando de leve as paredes dos prédios. é a piazada do bairro jogando bola na pracinha em frente a mercearia do seu carlos. tavinho pega seu tênis e vai jogar. é a minha mãe berrando da lavanderia. tô indo! queria que o cotidiano não nos estragasse tanto.

a memória

a memória é um chute no saco que dura a vida inteira.

mais um dia

uma criança com o polegar e o indicador emulando uma arma e o resto dos dedos curvados cravando as unhas na palma da mão e uma duas gotas de suor escorrem da cabeça da outra criança que tem o dedo indicador apontado para a têmpora e o transe a pausa e depois o silêncio.

uma brincadeira de crianças de um bairro distante do seu que passa na televisão ligada no modo pânico com o timer piscando no canto direito da tela números que decrescem até o zero para desligar e em breve te levar para a escuridão profunda do sono onde nos encontraremos frente a frente de novo pela primeira vez.

com os polegares e os indicadores tornados armas de verdade apontamos um para a cabeça do outro e com os olhos cravados nos olhos alheios você vai dizer que sim e vai ter a coragem de ouvir a verdade ao mesmo tempo em que puxa o gatilho e acordar será a pior coisa que poderia ter lhe acontecido.

abra os olhos.

estou parado na porta do quarto vestido com a roupa que você escolheu para vestir em seu último dia de trabalho com o polegar e o dedo indicador apontado pra sua cabeça e o barulho seco do tiro chega aos seus ouvidos e você levanta a cabeça e abre os olhos e puxa a toalha pra secar o rosto.

e começar mais um dia pode ser pior do que morrer.

o primeiro conto erótico do cão mentecapto

um garoto encontra uma garota. oi. oi. tudo bem? tudo.
quer beber alguma coisa? sêmen.

o ortodoxo

é manhã. bem cedo. o sol ainda queima as retinas com seus tentáculos brilhantes. eu o trabalhador ortodoxo saio da padaria onde tomo café e vou em direção ao ponto de ônibus. lá devo encontrar outras vacas gordas. vacas iguais a mim que se juntam todos os dias e se espremem por um pedaço de sol um pedaço de céu um naco de comida um qualquer coisa que o valha quase nada pra voltar no fim do dia pro curral casa sagrada nosso canto nossa fé e latejar no sofá diante de uma tv exibida que insiste em nos calar. chego no ponto e uns acenam com a cabeça. outros não. uns se escondem. a maioria. é difícil falar. conversar com alguém é como mover um corpo de um jazigo e querer que ele caminhe ao seu lado pelo cemitério como seu cão melhor amigo. a solidão é foda. o ônibus chega. subo. sobe. subimos. arranca e vai. em frente ao hospital central o ônibus para. sobem duas garotas. uma morena índia de calças vermelhas justas e sexo bem definido e botas longas jaqueta azul de nylon vison com gola falsificada de pele de raposa e peitos salientes e cabelos pretos e longos até o grande vão da bunda. olho lá pra dentro. desejo o abismo. e tem aqueles olhinhos de quem quer devorar. a amiga dela sobe logo atrás. pele bem branquinha alva esfregada em quiboa. cara de menina moleca. o estereotipozinho da ruivinha da pá virada. narizinho rebitado sardinhas e um pouco mais alta que a amiga. um e setenta. meu número. meio desengonçada. pezinhos tortos pra dentro. olhos caídos nas extremidades. vozinha rouca. peitos grandes e fartos. sorriso hipnotizante. os dentes perfilados feito soldados feito desfile feito feito sei lá. feito à mão pelo grande construtor de sorrisos hipnotizantes de meninas gatas que saem sob medida uma vez por semana quando ele resolve dar tudo de si e manda ver toda a sua habilidade nessas beldades ficando cansado o resto da semana que é quando ele faz tudo igual sem graça mandando ver no botão do foda-se industrial e deixando a coisa como está até se empolgar novamente e resolver dar uma de fodão e mandar ver em uma ou duas beldades que virão aqui pra baixo numa carruagem com chofer e laço de fita vermelha e pó de pirlimpimpim. é sempre assim. quando ele resolve dar uma de artesanal não tem jeito. já reparou naqueles dois furinhos nas costas acima da bunda? são as marcas dos dedões do grande construtor. é quando ele finaliza fazendo a cinturinha. aí ele pega a obra de arte pela cintura apertando as costas e deixando as marcas dos seus dedões pra levar até o forno. é uma espécie de assinatura. mas ele só faz isso de vez em quando. ou você acha que a preguiça é uma coisa do homem? e lá vem a delícia cremosa. não deve ter nem vinte anos a danadinha. do jeito que eu gosto a mongoloide. passaram a catraca e estão vindo aqui pra trás. isso.

venham aqui pertinho preu ficar olhando vocês. vem com o papi. não. não querem vir? o que será que aconteceu? não vieram. pararam quase no meio do ônibus. porque aquele idiota está levantando? merda. sempre tem um mauricinho babaca metido a don juan pra ceder seu lugar a meninas bonitas nos ônibus. vou ter que ficar na panorâmica. a indiazinha senta. a loirinha agacha e cochicha no ouvido dela. gostosa. penso. o que? tá olhando pra mim? cochicha de novo. olha pra mim. claro que olha. hoje eu tiro a sorte grande. já pensou? duas dessas guardiãs dos segredos do mundo e eu? vou ter que atacar com o que tenho de melhor. charme na ponta da arma. sempre funciona. finjo que não dou bola e no fim é o bote do tubarão. pa pum! sempre arranco um pedaço. língua afiada. sempre funciona com as guardiãs. vamos lá vou mostrar como funciona. viro a cabeça devagar olhando pela janela procurando alguma coisa. dou aquela olhada malandra de revesgueio. passo o olhar pelas meninas. faço o scanner do atirador. só os mestres detetives conhecem esse truque. a loirinha agora está agachada conversando em voz baixa com a amiga. a bunda dela faz a curva da lua. delícia cremosa sou eu três dias nadando na carne redonda da lua nova daquela bunda. a morena estica o pescoço pra fora do banco e dá uma olhada direta pra mim. nada de sorrisinhos nem charminhos. semblante sério e impositivo. vem! ela deve estar gozando da minha cara. vem agora ela diz. é impossível. desvio o olhar pra baixo e volto pro chão de alumínio. nós duas. vem! que merda. estou bancando o cuzão. não posso dar esse mole. não achei que elas fossem me dar essa bola assim desse jeito. o tanque de guerra me atropela no front de batalha. não estava preparado pra esse ataque. amador. olha pra mim. elas querem me deixar louco. não deve ser comigo. claro que é com você. vai deixar as duas falando? vai lá. mostra quem é o papi. e se elas tiverem de brincadeira? olha aqui! olha pra nós. não olha pra baixo. tá vendo?! elas te querem! larga mão de ser cuzão e vai lá. chega junto apresentando a pistolona. não dá tempo pra conversinha. cartão de visita na mão. olhar de animal voraz. não sei tô sentindo que não vai rolar. como assim? vai andando e no caminho dá aquela passada de mão no cabelo olha pela janela franze as sobrancelhas respira fundo e pow! one shot! one shot man! tiro no alvo. sim ou não? sim! repete. sim! você é o caçador. o predador do planalto dos pinheirais. o maior de todos. o rei das araucárias. o selvagem. muito bem eu vou lá. tô indo garotas. vem gatão. vem pra nós duas. a morena faz biquinho de matadora. a loirinha levanta e prende o cabelo pra deixar o pescoço à mostra. é hoje! vou te arrancar esse pescocinho na chupada. isso. vem. arranca. ajeito o ombro. passo a mão no rosto pra tirar o suor. ajeito a capanga debaixo do braço e movo o pé esquerdo jogando o corpo pro lado já levantando o direito. pura sedução. o dançarino dos portais do inferno. o golpe fatal está sendo armado dentro das entranhas do mundo. ergo a cabeça e sou o mundo que flui. orgulho. vaidade. vai lá garanhão. não deixa elas te trapacearem. é agora caçador! confio em você. sou o reprodutor das estrebarias de áugias. sinto a força do mundo. por um instante me ocorre que sou o super homem e que posso parar a terra. levanto os olhos. aponto o queixo pra frente. peitoral inflamado. como nos velhos tempos. sim. como nos velhos tempos. sou o super homem. com um simples movimento dos meus dedos o tempo para. olho pra frente e todos boquiabertos assistem de camarote. todos parados com os olhos arregalados. agora vai. a cena corta pro quadro das meninas e onde eu devia estar estão dois hércules das araucárias. duas angustifólias gigantes. dois tipos morenos. barba por fazer. uns vinte anos cada. bronzeados regatinha bermuda chinelinho havaiana. dois estilo modelos de propaganda de resort no méxico. e elas estão na deles. sei que estão. sorriem e babam pelos bonitões. merda. me fodi de novo. o super homem agora é uma florzinha leve e inofensiva soprada nas mãos de uma inocente criança. volto pra baixo da terra rápido. uma pazada de sal na velha lagartixa. não tem problema. com o tempo a gente se acostuma e caleja. aprendi o gosto da rejeição ainda cedo. então giro sobre o mesmo pé esquerdo de quem ia pro golpe fatal e dou um 180. minha manobra preferida. dou as costas pras gatinhas e faço o louco. alguns me olham. outros nem aí. olho o celular. finjo que toca. meto na orelha alô alô. chacoalho o aparelho. dou uma reclamadinha pra disfarçar. essas operadoras são foda. dá até uma coisa ruim quando alguém liga. a gente nunca sabe quando isso vai funcionar. e fecho com uma risadinha manhosa marota. risada de hiena faminta. olhando de fora é risada de gente louca que não sabe o que fazer com os dentes. o ônibus freia. pelo canto dos olhos vejo o banco da praça. estou perto do centro. e parado bem na frente da escada. merda. nunca fique na frente de uma escada em pontos de alta circulação de pessoas. você será esmagado por sapatos bolsas mochilas de colégio e sacolas de supermercados. me encolho na frente da porta onde um bando de gente começa a descer. dá licença dá licença. claro que sim. pisão no pé. opa desculpa. dá licença. obrigada. por nada senhora. uma menina me xinga. não tenho como me mover. sai daí tiozão! o senhor está atrapalhando não tá vendo! desculpe-me senhora foi sem querer. que sem querer que nada. dá licença. você viu? aquela menina me chamou de tiozão? vejo as duas meninas indo rua acima com os garotões levando um papo gostoso. um papo moleque. os quatro sorrindo e sumindo na multidão. e um monte de gente trombando em mim amiúde. opa desculpe. perco a concentração. quase desço. vai lá! desce lá! corre atrás delas! fico parado vendo todos descerem. posiciono a capanga na frente da cintura pra não pensarem que sou um tarado de porta de ônibus. perco as meninas de vista. viraram à direita na avenida. e todos me esbarram pra conseguir descer antes que o motorista resolva arrancar. ninguém quer perder o ponto. a porta fecha. sinto o peito murchar. estou murcho. situação triste. derrotado. volto o corpo pro lado e sento. nessa hora o ônibus é uma caverna. todas as beldades se foram. estamos eu o velho que subiu alguns pontos atrás o cobrador e o motorista. e ainda tem mais alguns cidadãos que vão desembarcar na praça seguinte pra ficar por lá curtindo a manhã de sol feito pombos à espera de migalhas.

o homem

não
nunca amei
nem homem nem mulher
amei sim
euhomem eumulher
em toda mulher e homem
que amei

o segundo conto erótico do cão mentecapto

um garoto encontra um garoto. oi. oi. tudo bem? tudo.
quer beber alguma coisa? sêmen.

só pra te agradar
(para luiz felipe leprevost)

odeio cada palavra minha quando
não. não odeio. é que
o silêncio das palmas também dói
um bocado aqui dentro
sabe quando toca um som uma música quando aquele
barulhinho vem lá de trás te chamando e você burro
psicopatinha olha pra trás porque não devia não aguenta
mas é mais forte que a força do burro que carrega a vida
nas costas e você olha
é claro. é uma mulher.
é claro que é uma mulher. não. não é uma mulher. não se
faça de burro. são duas três. são todas elas. digo. digo assim desse jeito que te faz rir.
você ri.
só o dylan te entende. não. algumas pessoas também sen-
tem as unhas delas por dentro. eu também te entendo.
mas aqui dentro é diferente. você diz.
aqui dentro são unhas postiças garras que me acariciam
penetram fodem

e você diz
eu gosto.
sério man?
então estendo a mão pra mim mesmo que sou você um
pouco e me ergo.
e continuo odiando cada pedaço de minhas palavras
quando são ditas assim com esse jeito que só a gente sabe
e odeia.
aí eu levanto e você me olha. elas me olham.
sumam daqui. você diz eu digo. como se fosse fácil como
se fosse só assoprar
e dou um soco no ar. acerto a própria boca. cai um dente.
mais um.
e como se não bastasse ter a dor das coisas que não acontecem a dor das coisas que não acontecem a dor das coisas que
e se de repente é tudo a mesma coisa. você diz.
eu você a mágica da champanhota a cocaína a porra do
psicanalista
eu não aguento mais. eu digo. eu não aguento mais. eu
você digo. eu não aguento mais essa porra toda.
pois é
quem sabe aquele suicídio que
a gente vem cometendo desde pequeno
não esteja mais fazendo efeito man.
não. também acho que não.
talvez ser um intelectualzinho de merda. você diz.
impossível. e eu repito. impossível. e aí você repete com a
voz já caindo um pouco. impossível.

um chumaço de capim na boca sem dentes de um cavalo
velho ruminando lento com o olhar na cerca e os caminhões passando com placas de
você sabe a cidade eu também sei.
rumina teu capim aí e fica na boa. escuto um velho ran-
coroso dizer pelo vidro enquanto você.
então temos elas um burro a vida um cavalo capim um
pasto asfalto um copo de pinga um cachorro quente uma
estrada caminhões
a carga pesada.
ela disse uma vez.
você olhou pra trás. eu quis saber o que. se fodeu. e agora
sabe quem disse que o teu peito era uma carga pesada de
um caminhão de seis eixos trucado de tora indo e vindo
por esse paranazão
ok. eu me dei a mão e levantei e agora não vou mais cair.
quem disse isso foi você. não. foi você. não. foi você.
cala a boca.
você sabe que odeio cada palavra minha quando sai assim
só pra te agradar

a saudade

dizem por aí que o lugar que mais dói uma saudade é no
coração. besteira.
é na mandíbula.

conversa entre amigos

meio da tarde paro num barbeiro. três homens conversam sobre o que passa na tv. um deles diz. crise é pra quem tá em crise. o outro responde. quem não tá em crise não tá em crise. o terceiro é trabalhador ortodoxo e não fala. eu? fico quieto. tô com a navalha no pescoço.

o terceiro conto erótico
do cão mentecapto

uma garota encontra uma garota. oi. oi. tudo bem? tudo.
quer beber alguma coisa? aham.

a democracia

nesse momento estamos eu e você almoçando em um restaurante ali no centro. um desses buffet por kilo. na sala tem oito mesas. conto onze pessoas no recinto. com a gente são treze. o barulho de uma freada brusca assusta a todos. oito das treze pessoas perguntam bateu!? e perguntam sorrindo como se uma freada brusca tivesse de ser seguida de uma batida pra ser completa. eu você e mais três pessoas ficamos quietos como se uma freada brusca não precisasse ser seguida de coisa alguma. se bem que a família da mesa da frente continua conversando como se não tivesse ouvido a freada. faço uma conta rápida. eu e você ficamos estarrecidos. três se abstêram. oito acham que seria melhor uma batida. com a democracia é assim né?

assim caminha
a humanidade
(para manoel carlos karam)

dar um passo atrás para dar dois à frente. no intervalo entre ter dado um passo atrás para dar dois à frente dar um passo atrás para dar dois à frente. e por aí vai.

meu mau humor

meu mau humor é consequência da minha intolerância a
pessoas ignorantes.

meu mau humor é consequência da minha intolerância
àqueles que ignoram.

meu mau humor é consequência da minha ignorância
àqueles que ignoram.

meu mau humor é intolerante a pessoas ignorantes que
ignoram só por ignorar.

meu mau humor é tão inteligente que a minha raiva também é fruto dessa ignorância.

meu mau humor é tão ignorante à pessoas inteligentes
que as ignora só por convivência.

meu mau humor é inconsequente e não abre mão de uma
boa ignorância.

meu mau humor é só mau humor que é ignorante que é

inconsequente e sendo assim é incapaz de perceber isso.

meu mau humor o senhor é um bosta.

meu mau humor faz listas só que não abro nenhuma pra
não saber o que ele tem a dizer de si próprio.

meu mau humor é aquela foto do sapo boi fumando um
cigarrinho.

meu mau humor hoje chegou lá em casa pedindo açúcar
eu disse que não ele mandou eu me foder bati a porta na
cara dele ele invadiu meu apartamento com uma metra-
lhadora nas mãos proferindo palavras cristãs reconheci
nele a voz do pastor da igreja da rua de trás que fala sem
parar nos alto falantes da sua igreja aos domingos as sete
e meia da manhã.

meu mau humor mandou eu ser mais gentil com as pessoas agora.

se chegamos até aqui espero que tenha valido a pena e se
a gente se encontrar por aí lhe darei um abraço em sinal
de gentileza.

meu mau humor mente.

as pessoas

chego em casa. já é noite. ela no sofá deitada. não. largada um peixe boi. fuma. oi. oi. paro no meio da sala. mas tem a tv. e o silêncio entre nós é uma dádiva. aproveito. vou ao escritório largo a pasta tiro o sapato. na penumbra acho pantufa bermuda e volto. olho de novo. a equilibrista da cinza do cigarro queimando sem cair da ponta. tá com fome? não. claro que não. penso. telefono peço uma pizza. preciso matar o tempo até a comida chegar. meia hora a moça disse. vou ao banheiro sento na privada. dá preguiça ficar em pé. sento relaxo. a porta do box está aberta úmida e manchada de branco. passo o dedo. fungo. meses. o barulho da tv e ela lá no sofá morta. acendo um cigarro pra cagar melhor. nossos corações na foto do maço de cigarros. rio. o que você tá rindo? ela pergunta. nada. tusso. cuspo mofo. os azulejos do chão ficam respingados. meus pés estão manchados de varizes e eu achava que isso era coisa de mulher. velho. moramos há anos nessa casa e nunca tinha reparado como o chão do resto do banheiro é um pouco mais alto que o do box. estico o braço. meço. sim. está mais baixo lá dentro. dois dedos. que engraçado. todos esses anos sentado aqui e nunca tinha reparado nisso. com as pessoas também é assim né?

o quarto conto erótico
do cão mentecapto

gosto de sair no fim de tarde ali pelo centro pra sentir os cheiros das bocetas. perto da praça tiradentes. cruz machado. praça osório. rua xv. gosto de saber que cheiro elas têm. quais são os cheiros de todas as bocetas da cidade? coleciono cheiros. ando pra cima e pra baixo o dia todo atrás de mulheres que topem me deixar cheirar as suas bocetas. como é gostoso! perseguir. mirar. acertar o tiro. nem sempre acerto. mas quando acerto anoto tudo num caderninho de capa vermelha. gosto de chegar em casa depois e lembrar. já peguei cheiro de pitanga de morango de limão de pêssego de jasmin fruta do conde. teve até brigadeiro semana passada. atrás da catedral. uma senhora saindo da pernambucanas. eu parado esperando o ônibus. mentira. não tava esperando o ônibus. essa é a tática. esperar o ônibus é sempre a melhor. fico ali com uma revistinha na mão. palavras cruzadas. é sempre bom. e dentro um pornozinho pra excitar. e óculos escuro pra disfarçar o olhar. assim ninguém te segue pelos olhos. os olhos são os piores juízes e os piores caguetas. fico no ponto do circular centro. aquele branquinho com salsichas no lugar de bancos. é o melhor. é rápido e me devolve sempre de volta à praça em quarenta e três minutos pra começar de novo rapidinho. se não tiver trânsito. olha lá meu alvo. vai atravessar a praça em direção ao tubo do colombo cic. tenho certeza só pelo jeito que anda. saio atrás dela. pelo jeito deve ser dona. dona wilma. agora lembro dela todo dia. tá aqui no caderninho. página vinte e três. vixi não foi pro colombo cic. tá indo pra galeria. vai atravessar a rua pelo túnel. acelero o passo. seis da tarde. deve estar indo tomar uma cerveja no largo da ordem. saiu do trabalho e vai tomar uma pra relaxar. gosto dessas. cervejinha pra ficar lélé. chego bem perto. ela começa a descer as escadas. pareio ombro a ombro com ela. vai pra onde? quem é você? ela segura a bolsa com força. um pouco de medo também é bom. fortalece o cheiro. sou de colombo. que você quer? sou direto e já vou logo falando. te dou cincão se me deixar cheirar sua boceta. o que? que desaforado! ela ameaça me dar uma bolsada. desaforo nada. vamos ali embaixo no túnel. tem um banheirinho. ninguém vai ver. só uma cheiradinha. você deve ser louco! louco pra te dar uma cheirada. tudo assim falado ao pé do ouvido. sussurrandinho como deve ser. ah se eu soubesse francês. ia fazer igual naquele filme que o cara dá uns agarrão na menina e enquanto ela sua gemendo um pouquinho ele cola o rosto dele no dela e a câmera chega bem perto e ele fala et si tu n'existais pas. ela não grita. tá afim. fica em silêncio por um segundo. tá bom. ela topa. descemos. entramos no banheirinho. vários cheiros ali dentro. só o dela não sai da minha cabeça. não toco nelas. nunca. não sou tarado. nem esses pervertidos que ficam aparecendo na tv na hora do almoço. esses caras são todos uns exibidos. se você encosta quebra o clima e vira romance. aqui é tudo negócio. é só pelo cheiro. ai meu deus! ai meu deus! ela diz. meu deus nada. me dá até uma coisa lembrar dela levantando o vestidinho. baixando a meia calça. a calcinha. vai rápido moço. puxa a calcinha de lado. digo. ela puxa. passo o nariz três vezes. essa é a manha. vou te ensinar. primeiro você chega bem perto e limpa a mente. não adianta ficar pensando em outras coisas senão você se desconcentra e não vai captar a verdadeira essência da boceta feminina. aí você começa a puxar o ar lentamente com a base do nariz. não com a ponta. tem que respirar com o fundo do nariz. com a raiz. lá atrás. o cheiro vai tocar a língua e a percepção vai se expandir. então você faz um movimento de círculo com a cabeça. pro lado que você sentir que é melhor. é uma coisa de momento. circula parando no meio de novo e dá duas pinceladas pra finalizar. uma de ida e outra de vinda. de cima pra baixo e de baixo pra cima. ô meu deus! que loucura! cacau puro. ela empurra minha cabeça pra fora do vestido. pronto! agora vai embora! fui saindo. ela puxa o cincão da minha mão e sai. nunca mais a vi. gosto disso. de nunca mais ver. cheiro só uma vez. anoto tudo e depois vou pra casa pra ficar lembrando. página vinte e três. dona wilma brigadeira. será que era esse nome dela?

o serial killer

dentro do carro subindo uma rua. semáforo aberto. aí tem uma curva pra esquerda. vou fazer a curva. desacelero. baixo marcha. quarta. terceira. meto a segunda. na esquina de lá um pedestre invade a rua. desce o meio fio e vem pra atravessar bem na minha frente. ele me vê e para. para no meio da rua. libero o volante de leve e abro a curva pra passar por trás dele bem no instante que levanto a mão esquerda meto pra fora da janela e faço um joia em sinal de gentileza pra que ele atravesse. e é o que ele faz rapidamente. ele acelera o trote começando uma corrida. quase como se fosse correr. e nesse mesmo instante levanta o braço esquerdo e estende um joia também e abre um sorrisão. gentileza retribuída termino a curva também num sorrisão. que massa que é quando a gente tenta ser gentil com alguém e esse alguém te retribui em dobro. nesse momento minha gentileza não é falsa. me sinto aliviado. como é bom ser bom. faz bem. poderia ter sido diferente se eu tivesse atrapalhado a corrida do homem já que eu não reparei que ele já vinha correndo da quadra anterior e que tinha uma mala na mão direita e que dentro da mala havia dinheiro roubado ou pedaços de um corpo que ele havia picotado e separado em pacotinhos plásticos há algumas horas atrás ou a marmita ainda suja do almoço embrulhada numa sacola de supermercado ou bijuterias e batons e maquiagens e um lindo figurino para o grande número de daqui a pouco no moulin rouge ou uma outra mala dentro de uma outra mala e jamais saberemos porque ele carrega uma mala dentro de uma outra mala e que lá dentro bem no fundo existem documentos falsos e drogas e que um detetive da civil vem atrás dele com o radio na mão chamando toda a força policial de curitiba mas isso eu não vi também e ajudei esse homem que nem sei quem é nem qual a sua intenção nem o que ele quer com aquela mala. acho que eu ajudei um serial killer a fugir. eu também posso contar essa estória dessa forma.

o quinto conto erótico do cão mentecapto

vou pegar o primeiro ônibus que passar. pode ser qualquer um. o ponto está cheio. me coloco perto da onde a porta vai abrir pra entrar rápido e já me posicionar. tem um povo estranho no ponto. vocês são estranhos! penso. olha o tipo dessa mulher. e esse tiozão então?! tá louco. quanta gente bizarra tem nessa cidade. lá vem o ônibus. estico o dedo. subo. pago o cobrador pego o troco e vou lá pro fundão. fico encostado no ferro da porta. lugar bom pra enxergar quem sobe e quem desce. muitas meninas novas no busão. todas indo pra escola. cheirinho de banho. baunilha lavanda jasmin. já sei todos os cheiros de cor. consigo saber os cheiros só de passar pertinho delas. delícia cremosa. o ônibus arranca e vai. um ponto dois pontos. no cruzamento na frente do quartel o ônibus freia e uma velha gorda que acabou de levantar se desequilibra e vem pra cima de mim. o corpão espesso faz eu cair sentado no banco do fundo. o banco está vago. caímos juntos. eu sentado e ela por cima. plaw! sanduíche montanha. sinto que ela gosta.

também gosto amorzão. penso. não disfarço a ereção. deixo
a gordona à vontade pra sentir. vejo no que dá. vai que rola
algum sentimento. ela dá uma roçada. isso gordona roça bastante. roça que eu te roço. essa pode ser a nossa última vez.
aproveita. isso. vai. rebola igual aquela delícia ruiva do filme.
o cu de rosinha. o primeiro filme pornô da minha vida. doze
treze quatorze anos. todos os amigos no quarto. mãos velozes.
televisão em silêncio pra não acordar a galera. fap fap fap. e a
pedagogia comendo solta. a pedagogia é uma mãe prostituta
insana de açoite na mão. aprendi tudo com essas delícias dos
filmes pornôs. a gordona vira pra trás com os olhos emocio-
nados pela nossa dança. desculpa. desculpa eu. delícia. delícia
cremosa. sempre que quiser estamos aí. pego esse todos os
dias é só chegar aqui no fundo que a gente conversa. penso.
ela agarra o ferro da porta de saída. ela agarra igual o pau de
um cavalo e levanta. toda desengonçada. gelatina de carne.
gostosa. gosto disso. o vestido de cobrir botijão não tem marca de calcinha. maravilha. o negócio dela é seduzir. eu gosto
das sedutoras. a porta abre e ela desce. dou uma última olhada
nas banhas e levanto pro meu lugar de sempre. gostosa. fico
em pé. carnudona. mando uma piscada enquanto ela some
por detrás do ônibus. gosto de aventuras. agora eu poderia
pular no seu pescoço. só que não vai dar baby. não posso lar-
gar todas as outras meninas aqui do ônibus. elas também me
querem. sabe como é não é mesmo?! ajeito o casaco. gola
manga ombros. tussidinha pra destravar a garganta. olho em
volta. as pessoas se ajeitam da freada. cadê a morena que estava ali? droga. perdi meu alvo. não tem problema. nessa linha
nunca é difícil travar um alvo novo.

o caderninho

ela está saindo pela porta por causa da tristeza. não a dela.
a minha. nela o desespero é maior. sabe quando os olhos
trepidam dentro da cavidade ocular? na pele a cola que nos
une. não é amor. é uma cola. na minha pele há uma cola
que nos une. nela há uma coisa que eu não sei dizer. estou
sentado. olhando. a porta está aberta. a da casa. e o portão.
não pra voltar depois. por causa da pressa. anoto no meu
caderno de capa vermelha. pressa de ser feliz ou de esquecer? de tudo que há havia entre nós prefiro os ruídos da
casa. prefiro mais do que os barulhos que fazíamos fazemos. o silêncio entre nós não é bom. não sabemos fazer silêncio. entre nós só o barulho das coisas se comovendo. ela
conversa comigo com os olhos. são grandes. são bonitos. os
olhos e o amor. somos cheios de quasintenções. uma mão
que levanta aqui. uma virada de cabeça ali. uma jogada
de perna. não. não cruzamos olhares. as coisas acontecem
meio de fianco. quando um vai na sala o outro está na cozinha fingindo apressado vindo da geladeira com alguma
coisa na mão. é bem nessa hora que a gente deixa escapar
uma olhadinha. só pra saber como anda o outro. eu e ela

nos desviamos com a mesma habilidade com que tirávamos a roupa um do outro até pouco tempo atrás. fiz um desenho dela. aqui. pra mostrar pra você. não dela saindo. de uma outra coisa que eu lembro dela. de como ela é. é que eu anoto tudo nesse caderno porque eu sei que vou esquecer.

o cotidiano

um pouquinho todo dia a gente morre ou se mata?